काव्य सौंदर्य

(A book by bohemian writing & photography hub)

POETRY WORLD ORG

Copyright © POETRY WORLD ORG 2020

काव्य सौंदर्य

(A book by bohemian writing & photography hub)

तनुज नैनवाल

मयंक चिलवाल

ॐ सरस्वती मया दृष्ट्वा, वीणा पुस्तक धारणीम।
हंस वाहिनी समायुक्ता मां विद्या दान करोतु में ऊँ।।

वक्रतुण्ड महाकाय सूर्यकोटि समप्रभा।

निर्विघ्नं कुरु मे देव सर्वकार्येषु सर्वदा।।

काव्य सौंदर्य है क्या ?

यह एक पुस्तिका है जिसमें दो कवियों ने सामाजिक समस्याओं को कविता के ज़रिये उजागर करने की कोशिश की है| साथ ही मनुष्य के संबंधों को भी बड़े ही प्रेम भावना से उजागर करने की कोशिश की है| इस पुस्तिका में कुल अट्ठारह विषयों पर कवितायेँ लिखी गयी हैं | इन कविताओं में से एक कविता में कवि ने अपने शहर के बारे में भी बताया है|

इस पुस्तक को अलग अलग भागों में बांटा गया है और यह पुस्तक आपको मानसिक और शारीरिक रूप से हर चुनौती से लड़ने के सक्षम बनाएगी |

आशा हैं आप सभी इस पुस्तक का एक बार अध्यन अवश्य करेंगे और इसे पसंद करेंगे |

धन्यवाद ||

कवियों एवं फोटोग्राफर का परिचय

मैं तनुज नैनवाल,नैनीताल जनपद का निवासी हूँ| मैं कक्षा 11 का छात्र हूँ | मेरे द्वारा कई छोटी कविताएँ लिखी गई हैं किन्तु इस बार मैंने अपने एक साथी के सहयोग से अपनी कुछ कविताओं को कागज़ी रूप दिया हैं| मेरे द्वारा काव्य सौंदर्य मे कुल 9 कविताएँ लिखी गई हैं| मुझे आशा हैं कि आप इन कविताओं को अवश्य पसंद करेंगे और अपनी महत्वपूर्ण प्रतिक्रियाएँ देंगे| मैं आप सभी पाठकों का आभारी रहूँगा|

धन्यवाद

मैं मयंक चिलवाल (बोहेमियन),नैनीताल शहर का निवासी हूँ|मैं कक्षा 12 , सेंट जोसफ कॉलेज का छात्र हूँ |मेरे द्वारा कई शायरियां और कवितायेँ लिखी गयी है परन्तु इस पुस्तक (काव्य सौंदर्य)में मेरे द्वारा लिखी गयी सबसे अद्भुत 9 कवितायेँ दी गयी है| आशा करता हूँ आपको यह पुस्तक पसंद आएगी तथा सभी पाठकों द्वारा उनकी प्रतिक्रिया दी जाएंगी |

धन्यवाद

मैं अनुराग पालीवाल नैनीताल शहर का निवासी हूँ| मैं कक्षा 12 का अम्तुल्स पब्लिक स्कूल का छात्र हूँ| मेरे द्वारा कई तस्वीरें कैद की गयी हैं और इस बार मैं अपने मित्र के सहयोग से अपनी तस्वीरों को इस पुस्तक में दे रहा हूँ, आशा करता हूँ आप लोगों को मेरी तस्वीरें और इस पुस्तक की कवितायेँ पसंद आएंगी |

धन्यवाद

स्वीकृति

हम अपनी इस पुस्तक की शुरुआत उन तमाम लोगों को धन्यवाद दे कर करना चाहते है जिन्होंने ये पुस्तक पूर्ण करने में हमारी बहुत सहायता की है| सबसे प्रथम हम अपने शिक्षकों (श्रीमती भगवती बिष्ट , श्रीमती पूजा बिष्ट तथा लीला राणा जी) का, अपने मित्रों (कुणाल चिलवाल, अंशुमान चौहान , मयंक पांडेय , अक्षित पा०ा०डेय , पंकज टम्टा , शिवांग पाठक , रोहित पवार तथा आयुष जगवाण) का और अपने परिवार के सभी लोगों का आभार मानते है| इसके पश्चात हम श्री अभिषेक साह जी का जिन्होंने ये पुस्तक को आप तक पहुंचने में हमारी सहायता की|

काव्य सूची

Aurag Patisal
PHOTOGRAPHY

काले बादल में चांदी की परत

- मयंक चिलवाल

क्या दृश्य था चांदी की परत मैंने जब काले
बादल में देखी थी,

पूर्ण रूप से अचंभित कर दे किसी को भी
ऐसी वो रेखा थी।

एक पल को मैं ठहर गया,

और वो मनमोहक दृश्य मेरे हृदय में कर घर
गया।

इसी प्रकार ज़िन्दगी का एक और क्षण
खूबसूरती से गुज़र गया।

अद्भुत अकल्पनीय और अविश्वसनीय वो
आसमान का नज़ारा था,

मायूस बैठे मेरे हृदय का काली रात में वो
एकमात्र सहारा था ,

समय बीतता जा रहा था।

और पहली बार मुझे अकेलापन इतना भा
रहा था,

काले बादल में चांदी की परत का क्या अद्भुत
वो नज़ारा था।

रात भर वो चांदी की परत वाला काला बादल
देखने पर जीवन का हल मिला,

सीख मिली जीवन की और सपनो को
मुकम्मल करने का हौसला मिला।

कुछ सबक वो क्षण सिखाये जा रहा था,

नया जीवन शुरू करने का मेरे समय निकट
आ रहा था,

काले बादल में चांदी की परत का क्या अद्भुत
वो नज़ारा था,

इसी प्रकार ज़िन्दगी का एक और क्षण
खूबसूरती से गुज़रता जा रहा था।।

Anurag Patiwal
PHOTOGRAPHY

बारिश और तूफान में नृत्य

- तनुज नैनवाल

सवेरा हैं मगर हर दिशा को,

घेर रहे हैं बादल

अंधेरी रात जैसे,

सूरज की किरणें घायल।

रोने को तैयार है अंबर,

दिल ने खुद से गुज़ारिश की

तू तो खुशी से नाच ले,

इन बूँदो मे बारिश की।

खुशी से झूम उठा अन्नदाता,

प्रकृति ने जब उम्मीदों से जोड़ा नाता।

नन्ही सी जाने मचाती है खुशी से शोर,

ठुमक-ठुमक के नाच उठा मनमोहक मोर।

सूख के बेरंग हो गए थे जो,

वो भी एकदम से लहराने लगे

उनकी भी एक ही ख्वाहिश थी,

कि चारों ओर हरियाली छाने लगे।

पर बड़ी देर से बारिश अकेली थी,

तो तूफ़ान को भी साथ लाना ही था

कुछ देर की खुशी थी,

तो दुख को भी आना ही था

कुछ नुकसान भी करा इंसान का,

पर वक्त ही था ना,

वक्त को भी बीत जाना ही था।

नई भोर हुई, नई उमंग थी,

तूफानों में नाचकर जीती जो जंग थी।

कुछ खुश थे,

तो कहीं दिल मे थोड़ी नमी थी,

तूफानों मे खोया जो शायद उसकी कमी थी।

कुछ कुछ इस बारिश की भी साजिश थी,

पर क्या करे हमारी ही सिफारिश थी....॥

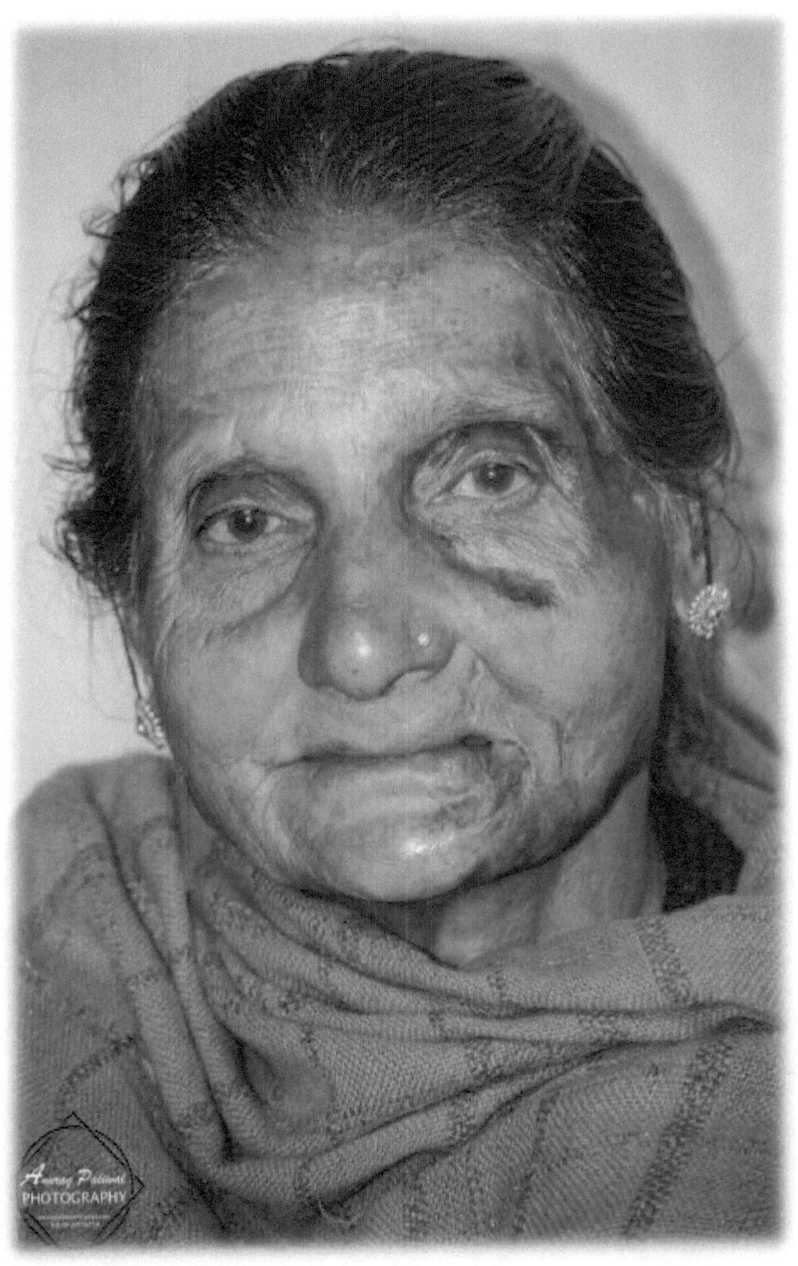

माँ

-मयंक चिलवाल

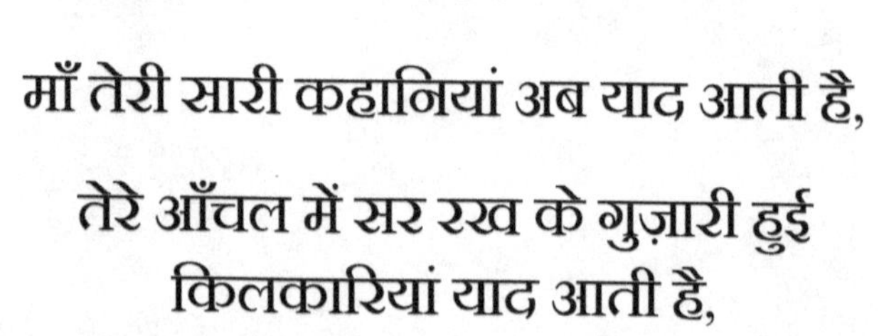

माँ तेरी सारी कहानियां अब याद आती है,

तेरे आँचल में सर रख के गुज़ारी हुई
किलकारियां याद आती है,

तेरे प्यार से तो मैं अछूता ही रह गया,

ना जाने क्यों खुदा तुझे मुझसे दूर ले गया?

की तेरे बिना.................

कुछ ख़ास परिवर्तन तो नहीं आये ज़िन्दगी
में,

पर अकेला रहना सीखा दिया मुझे तेरी कमी
ने।

ऊपर वाले का खेल भी क्या निराला है,

दो पल की खुशियां देकर ,

यह जीवन बना दिया मेरा अनाथालय है|

तुझको माँ याद कर दिल पसिज जाता है,

यादों से सैलाब बनते है आँसू के,

फिर बस जी मौत को गले लगाना चाहता है,

माँ तेरे बिन संभव नहीं अब मेरा गुज़ारा है|

माँ सच में कितनी प्यारी थी तू,

जो मुझे रुला के खुद भी रो देती थी,

और अब तो यूँही काट रहा हूँ ज़िन्दगी

असल मायने में तो ज़िन्दगी बस

तेरे साथ ही जी थी||

मत बोल

मत बोल

- तनुज नैनवाल

कितना बोल रहा हैं, ये ज़माना,

हर बात को तोल रहा हैं, ये ज़माना।

एक की कहानी,

दूसरे की जुबानी

ऐसे कर रहे है यहाँ,

हर एक पर मेहरबानी।

दो शब्द कहते हैं,

तो चार बताता हैं

खुद ज़ज्बातों का कत्ल कर,

उसे प्यार बताता हैं।

जुबानों के ये सर्प विषैले,

हर एक को सुबह शाम काटेंगे

कभी अपनों में तो कभी गैरों में

ऐसे हर एक रिश्ते को बाटेंगे।

आज उन छोटे से भँवरों की भी,

आवाजों में जहर घुल गया हैं

शर्म का नकाब भी अब,

उनके चेहरों से खुल गया हैं।

जीत जाता हैं वहम, सच हार जाता हैं

फिर जाने क्यों मन उनकी बातों के पार
जाता हैं

सबको पता हैं उनके भीतर की चतुराई,

पर उनका वो भोलापन सबको मार जाता हैं।

आज हर एक इस दलदल मे धँस रहा हैं

युवा भी अब शब्दजाल में फँस रहा हैं

मतलब के लिए ही तो बस ये जमाना,

आज हर रिश्ते की डोर को कस रहा हैं।।

भारत माँ का वीर सैनिक

-मयंक चिलवाल

आज पुनः उसके मुख पर मायूसी है,

चुप रहना उसकी आदत नहीं परन्तु उसकी
मजबूरी है।

हथियार हो कर भी वह कुछ कर सकता
नहीं,

हाथ है उसके बंधे वर्ना इतनी आसानी से
कोई झुकता नहीं।

पत्थरबाजों को मुँह तोड़ जवाब देता नहीं,

लोगों की हिफ़ाज़त ना करे ऐसा उससे होता
नहीं।

देश की रक्षा में सबसे प्रथम शीश वह
झुकाता है,

इसीलिए भारत माँ का वीर सैनिक वो
कहलाता है|

धुप हो या ठण्ड हो अपना कर्त्तव्य वो निभाता
है,

लाख मुश्किलों बाद भी अपने कर्म से नहीं
वो डगमगाता है|

देश की रक्षा में सबसे प्रथम शीश वह
झुकाता है,

इसीलिए भारत माँ का वीर सैनिक वो
कहलाता है|

त्याग अपना घर छोड़कर भी वो निभाता है,

एक माँ की रक्षा हेतु वह दूसरी को छोड़
चला जाता है|

कुछ इसी प्रकार वह अपना वनवास गुज़ारने
चला जाता है,

और इसी कारण हेतु वो कलयुग का मर्यादा
पुरुषोत्तम श्री राम भी कहलाता है||

Anurag Paliwal
PHOTOGRAPHY

कुदरत के बोल

- तनुज नैनवाल

बड़ी बेचैनी सी छाई है,

इंसानों पर घोर विपदा आई है।

बड़ा परेशान कर रहा था हमें,

हमारा कत्ल करने में लगा था,

मेरे मालिक ने उनको कीमत बताई है,

आज मेरी बारी आई है।

मेरी हर नींव को कमजोर कर रहा था,

मुझमें रहकर मुझसे ही लड़ रहा था

मेरी हर अमानत को स्वार्थ ही पकड़ रहा था

मेरी हर चीज़ को अपनी समझ रहा था

मैंने भी आखिर थक कर उदासी जताई है

आज मेरे मालिक ने उसको याद दिलाई है

हर एक को इसकी कीमत बताई है

आज मेरी बारी आई है।

आज घायल भूमि जब शांत सी है,

तो मैंने भी करी नफ़ज की भरपाई है

हर जगह उसको अपनी इब्तिला दिखाई है

आज मेरे मालिक, मेरे पक्ष में बात आई है

सबको इसकी कीमत बताई है

आज मेरी बारी आई है।।

अपनी ही धुन में

-मयंक चिलवाल

बिना किसी की परवाह किये तू अपनी धुन
में चल दे,

यादों का काफिरां बना तू अकेले अपने सपने
मुकम्मल कर ले,

लोग तो आते रहेंगे ज़िन्दगी में पर अब
ठहरता कौन है,

मोहब्बत तो सब करते हैं पर अब निभाता
कौन है |

हारता क्यों हैं धैर्य रख जीवन में ,

अभी नहीं तो कल हो जाएगा तू सफल
जीवन में ,

अर्जुन भी महारथी नहीं बन गया था एक
दिन में ,

इसीलिए तू भी अभी वक़्त रहते शुरुआत कर
दे ,

लोगों की परवाह छोड़ तू भी अपनी धुन में
ज़िन्दगी जीने चल दे |

मंज़िल तय कर ले अपनी और मुसाफिर बन
उसकी ओर चल दे ,

ना एक से ना सौं से तू शून्य से शुरुआत कर
ले ,

परिश्रम को सफलता की चाबी मान ,

तू अपनी धुन में मंज़िल की ओर चल दे |

ख्वाबों की डोर बुन कर पूरे आसमां को
रोशन कर दे ,

पुरानी सोचो का बहिष्कार कर पर अब तू
बुजुर्गों का अपने सम्मान कर ले ,

मंज़िल और पुण्य दोनों मिल जाएंगे जीवन
में ,

तू बस बुजुर्गों का आदर कर,

अपनी धुन में अपनी मंज़िल की ओर चल दे
॥

नैनीताल

- तनुज नैनवाल

पहाड़ों से घिरा,

प्रकृति का दुल्हन सा श्रृंगार

झीलों की नगरी है वो,

मन को जो चुरा लेती हर बार।

वो शहर जन्नत सा बेमिसाल है

कभी देखो वहाँ कितने गहरे ताल है

कभी घूम के तो देखो जरा,

कितना सुंदर नैनीताल है।

वो माल रोड की दुकानें,

वो झील जिसके सभी दीवानें,

वो ड्राइवर जो ले जाते शहर दिखाने,

वो मंदिर जिसमें बसती है लोगों की जानें।

ये वही वादियां है जिसका,

हिमालय की चोटियां भी दीदार करती है

जहाँ प्रकृति खुद से ज्यादा प्यार करती है।

ये वही शहर है,

जहाँ की ठंडी हवाएं लोगों का

इंतजार करती है

जहाँमाँनैना कई चमत्कार करती है।

मैं कर्जदार रहूँगा सदा उस माटी का,

जहाँ गुज़रा प्यारा बचपन, उस घाटी का।

मैं यहाँ नहीं रहता हूँ,

बल्कि ये मुझमें रहता है

याद कर यहाँ की वादियों को,

कितनों की आंखों से दरिया बहता है।।

नारी का सम्मान

- मयंक चिलवाल

अंत हुआ मानवता का,

नारी का यहाँ कहाँ सम्मान हुआ,

कृष्ण उपदेश भूले लोग

और चंद लोगों के खातिर पुरुष वर्ग बदनाम
हुआ।

देवी माँ को पूजते,

खुद की माँ का प्यार शर्मशार हुआ।

मानवता को भूले लोग,

नारी का यहाँ कहाँ सम्मान हुआ।

परिवर्तन जरूरी है समाज में पर,

इसकी आड़ में नारी का सम्मान अब
अपमान बना।

अपनी माँ बहन इनका अभिमान बना पर,

परायी औरत अब जीता जागता सामान बना।

नारी का सम्मान करना भूले लोग,

तभी बीते सालों में नारी को प्रताड़ित करने
वाला अपमान हुआ।

चार दोषियों को सजा दिलाने के लिए,

छह साल तक अँधा हमारा ये कानून हुआ।।

जिंदगी का नौसिखिया

- तनुज नैनवाल

बड़ी तेजी से चले जा रहा था,

शायद भूल गया वो नौसिखिया हैं,

या फिर उसे मोड़ों का अंदाजा नहीं,

गिरकर सीधे उठे जा रहा था,

और बड़ी तेजी से चलें जा रहा था।

शायद उसे औरों पर विश्वास था,

या फिर सबको वो ख़ैर मानता था

क्योंकि वो रुक ही नही रहा था

और बड़ी तेजी से चले जा रहा था।

कईयों से टकराकर वो गिरे जा रहा था

पर वो चोट को महसूस ही नहीं कर पा रहा
था

गिरकर सीधे उठे जा रहा था

और फिर से दोहराए जा रहा था

बड़ी तेजी से चले जा रहा था।

खुद गिरकर औरों को उठाए जा रहा था

बस अपने अच्छे तजुर्बें बताए जा रहा था

शायद बेखबर वो इंसानियत इनाद से,

या फिर अंजान वो ख़लिशों से,

क्योंकि वो मुस्कुराएँ जा रहा था

दिल भेदी नुक्का भूलकर वो हँसाए जा रहा था

और फिर बड़ी तेजी से चले जा रहा था।।

आज प्यार कैसा है?

- तनुज नैनवाल

माँ जब खुद से पहले तुम्हें खिलाती है,

पिता जब खुद की ख्वाहिशें भूल तुम्हारी पूरी
करता है

बहन जब तुम से झगड़ने के बाद भी तुम्हारा
साथ निभाती है

भाई जब तुम्हारे ख़ातिर दूसरों से लड़ कर
आता है

ऐ ज़माने, वही असल प्यार कहलाता है।

पर आज प्यार कैसा है?

आज अपनों के लिए ही प्यार कम है

उस अजनबी के लिए,

दोस्तों में ही दरार है।

ये इश्क कहाँ टिकता,

झूठा, कपटी और फ़रेब,

पर उसके लिए भी खाली हो रही हैं

अपनों की ही भरी जेब।

यहाँ वो सब पीछे छूट रहा है,

अच्छे से अच्छा रिश्ता भी टूट रहा है

उसको खुश करने के लिए,

वो अब अपनों से ही रूठ रहा है।

उसका महंगा गम खरीदने के लिए,

वो अपनी खुशियाँ सस्ती बेच रहें हैं

उसकी आँखों से एक आँसू भी नहीं टपकता,

और वो अनाड़ी अश्कों से अपनी दुनिया बेच
रहें हैं।।

ये प्यार कहाँ है?

ये प्यार का व्यापार है

एक को छोड़ने के बाद,

यहाँ तो दूसरा तैयार है।।

तू शुरुआत कर

- तनुज नैनवाल

खुली आँखो से सो रहा है,

अपने सपनों में ही खो रहा है

काबिलियत बहुत हैं तुझमें,

पर तू नाकामी से डरकर रो रहा है।

कुछ ज्ञान से,

कम सामान से,

चाहे एक किताब से कर,

बस तू शुरुआत कर।

ज़माने को तू आज़मा लेने दे

बस खुद से तुझे रूठना नहीं है

फैसले तू उसे लेने दे,

बस हौसले से तुझे छूटना नहीं है।

कर शालीनता का आवाहन,

अति विशेष नरोत्तम हो जा

कर प्रसार सर्वत्र विनय का,

तू मर्यादा पुरुषोत्तम हो जा।

ख्वाबों के कुछ सुनहरे पल भी,

तू नज़रों में यूँ बेख़बर आने दे

बंद निगाहों में अपनी,

तू रोशन सितारे छाने दे।

चंद ख्वाबों को समेटकर,

अपनों को संग लेकर

छोटे से काम से

नीचे के मुकाम से

एक एक कदम आगे बढ़कर

खुद से भी तू सामना कर,

बस तू शुरुआत कर,

बस तू शुरुआत करा।

मौत

- तनुज नैनवाल

हर वक्त आगे पीछे है वो,

फिर भी डर नहीं है

ढूँढते हैं तो,

आती कहीं नज़र नहीं।

काहे का गुरूर,

काहे है तू घमंड मे चूर

वक्त तेरा है तो सर पर नहीं है

वरना चुरा लेगी तुझे,

बिना कोई कसूर।

मत कर तू इतनी गुज़ारिश,

अपने धड़कनों के रुकने की

कहीं वक़्त को ही ना करनी पड़े इतनी
साजिश,

तेरी रूहों को फूँकने की।

वक़्त की प्रेमी हैं ये,

वक़्त के साथ आएगी

इंसानों सा मत समझ,

कि वक़्त को छोड़ जाएँगी।

ये वक्त की दिलरूबा है,

तो कुछ इसको भी प्यार करते हैं

अपने ही संग रखते है,

जब जब दुश्मनों पर प्रहार करते हैं।

हाँ, वो सरहद के बलवान ही,

हाँ, हमारे रक्षा को तत्पर वो वीर जवान ही।

देश के लिए,

अपनों से मुड़ जाते हैं

सरहदों की रक्षा के लिए,

मौत से जुड़ जाते है।

एक वही तो हैं जिनको,

मौत से भी सच्चा प्यार है

वरना कहते तो सभी है,

हम मौत के लिए तैयार है।।

पापा

-मयंक चिलवाल

कितनी ख्वाइश उनकी मेरे शौक तले दबी
रह गयी,

पापा तुम्हारी इन बातों से ना जाने आज क्यों
फिर आँखें नम हो गयी।

गले लगना तो चाहा तुम्हारे पर ,

तुम्हारे होते हुए भी आज ना जाने क्यों
ख्वाइश ये अधूरी रह गयी।

रब से कभी की होगी ख्वाइश शायद उसे
देखने की,

इसीलिए तुम्हारे हाथों में दे दी बाग़ डोर
उसने मेरे जीवन की।

मालूम नहीं पर ऊपर वाला भी तुम्हारी तरह
बनना चाहता होगा,

पापा तुम्हे बना के वो खुद भी गर्व से
मुस्कुराता होगा।

हाँ मैं जनता हूँ की परेशानियां तो कई रही
होंगी आपकी भी,

पर मुझे सदा अपना प्यार दिया,

गम की परिभाषा दूर रख,

खुशियों से भरपूर संसार दिया,

और आप ही तो थे वो जिन्होंने मेरे खातिर,

अपनी ख्वाइशों का बलिदान किया।

आपके लिए रचना कर क्या आपका का
अपमान करूँ,

आपकी रचना मैं स्वयं बना आखिर किस
प्रकार आपका मैं सम्मान करूँ।।

एक खत खुद के नाम

-मयंक चिलवाल

चल आ एक खत खुद के नाम लिखते है,

कागज़ सियाही से नहीं दिल से अरमान
लिखते है,

कितने खत लिखे गैरों के नाम,

आ ये शाम अपने नाम करते है,

चल आ एक खत खुद के नाम लिखते है|

कब तक बताएगा औरो को खुद के बारे में,

वक़्त निकाल बता स्वयं को अपने बारे में,

और यूहीं कुछ आज कुछ बेमिसाल करते है,

चल आ एक खत खुद के नाम लिखते है|

लिख दे अपने जज़्बात जो तेरे है,

लिख दे ख्वाब आज जितने भी तेरे है,

खुद को खत लिख सारी परेशानियों का हल
करते है,

चल आ एक खत खुद के नाम लिखते है|

मौत का डर कुछ वक़्त दूर रखते है,

जीत के जश्न को हार के बाद रखते है,

आसानी को परे रख परिश्रम को जीवन के
पास रखते है,

आखिर कितने खत लिखेंगे औरों के नाम,

आ ये एक खत अपने नाम लिखते है॥

अतीत की यादें

- मयंक चिलवाल

अच्छी, बुरी सारी यादें ज़हन में घर कर जाती
है,

कभी ख़ुशी, कभी ग़म, तो कभी सुकून की
राहत पहुँचाती है,

वो जीवन के अतीत की यादें है साहब,

जो यूँही हर बार ज़हन में बस जाती है |

किसी की अतीत की यादों में वो स्कूल के
दिन आते है,

सुबह शाम वो दोस्तों के साथ बिताये हुए
मस्ती के पल याद आते है,

यादें ही तो है अतीत की जनाब,

उनमें गुज़ारे हुए हर पल याद आते है |

कुछ बुरे ख्यालों से भरी हुई भी अतीत की
यादें आ जाती है,

और ना जाने कौनसी शक्ति से बस अपने
मोह में कर,

समय बर्बाद कर जाती है,

कभी वर्तमान को खुशमिजाज़ बनाती है तो
कभी रुला जाती है,

अतीत की यादें ही तो है साहब हर बार ज़हन
में घर कर जाती है।

पर अंत में इन यादों से दूरियां ही अच्छी है,

भूतकाल की खुशियों से वर्तमान की
कठिनाईयां अच्छी है,

ऐसा नहीं की अतीत की यादें बुरी है,

बुरी तो जो अतीत में छोड़ गए उन लोगों की
कमी है।

एक अधूरा सफर

- तनुज नैनवाल

एक दिन यूँ ही राह में,

चलते चलते शब्दों को गुनगुना रहा था मैं

मेरी अपनी कहानी,

मेरी ही नज़मों को सुना रहा था मैं।

एक तेज हवा के झोंके ने,

करवटे ऐसी बदली थी

कि अंदर रोते हुए भी,

बाहर से मुस्कुरा रहा था मैं।।

अचानक मेरी राह में,

यूँ आ गई थी वो सामने

साँसें रुक सी गई थी,

मैं दिल को लगा थामने।

कोयल के कंठ सी मीठी,

उसकी ऐसी आवाज़ थी

मेरे मासूम से दिल पर,

मानो गिर गई गाज थी।

चंद पल का ख्वाब था,

वो चंद देर की खामोशी थी

पर वो शख्स अपने दिल में था,

जिसके लिए नींद में भी मदहोशी थी।

मैं कहानियों का सौदागर,

वो शायद मेरे दिल की पहल थी

मैं ख़्वाबों में सुनता रहा जिसे,

वो शायद उसकी ही ग़ज़ल थी।

यहाँ खामोशियाँ बोल देती हैं,

जिसकी बातें नहीं होती हैं

इश्क तो वो भी करते हैं साहब,

जिनकी मुलाकातें नहीं होती हैं।।

हम दोनों और वो

- मयंक चिलवाल

उसके आने से अब ज़िन्दगी में एक अलग
ख़ुशी थी ,

उदासी और मायूसी भी अब मुझसे दूर रहने
लगी थी ,

नज़दीकियां भी उसकी मेरी बढ़ने लगी थी ,

शायद धीरे धीरे ही सही पर वो मेरी अब होने
लगी थी,

बातें भी अब तो हमारी रोज़ होने लगी थी ,

और अब तो आदत उसकी ऐसी थी कि ,

चंद मिंटो की दूरियां भी जन्मों से लगने लगी
थी |

हर पल मैं उसे सोचने लगा था ,

ये दिल मेरा ना जाने कैसे पर ,

मुझ में ही खोने लगा था ,

लेकिन कुछ समय बाद

हम दोनों की दोस्ती के बीच अब

कोई आ गया था ,

और आखिर अब वो दिन आ ही गया ,

जब उसने कहा, "मयंक.....
हम दोनों का साथ बस यहीं तक था |"

प्यार करना मेरी गलती तो नहीं थी ,

पर शायद उसे हद से चाहा ,

तभी मुझे ये सज़ा मिली थी ,

उसके मेरे बिच आखिर दूरियां तो होनी ही
थी ,

उसके बिना ज़िन्दगी भी तो अब ख़त्म होनी
ही थी

धीरे धीरे उसकी मेरी दोस्ती और बातें सब
ख़तम हो गयी ,

मेरी ही नज़रों के सामने वो अब किसी और
की हो गयी ,

बस अब तो दिल को उसके बिना जीना
सीखा रहा हूँ ,

हाल-ऐ-दिल बताना नहीं आता ,

इसीलिए कवियताओं में अपने अश्कों को
लफ़्ज़ बना रहा हूँ

कविताओं का सारांश

1.काले बादल में चांदी की परत:-

इस कविता में कवि ने काले बादल में चांदी की परत की सुंदरता का वर्णन किया है तथा यह बताया गया है की अलग नज़रिये से देखने से हर चीज़ खूबसूरत है|

2.बारिश और तूफ़ान में नृत्य:-

इस कविता में कवि ने बारिश और तूफ़ान का प्राकृतिक रूप से वर्णन किया है तथा प्रकृति में छाने वाली उमंग को दर्शाया है|

3.माँ:-

माँ कविता द्वारा कवि ने उस बालक का अपनी माँ के प्रति प्रेम दर्शाया है जिसने बहुत जल्द ही अपनी माँ को खो दिया तथा माँ की अहमियत भी बताई गयी है|

4.मत बोल:-

इस कविता में कवि उन शब्दों के बारे वर्णन कर रहा है जो आजकल एक फैशन बन गया है| वह यह भी बताना चाह रहा हैं कि कैसे आजकल लोग अपनी मीठी बोली से दूसरों को गलत साबित कर देते हैं|

5.भारत माँ का वीर सैनिक:-

इस कविता ने कवि द्वारा एक भारतीय सैनिक की मजबूरियां, उसके त्याग तथा उसकी जिम्मेदारियों से अवगत कराया है तथा उसकी तुलना मर्यादा पुरुषोत्तम श्री राम से की है|

6.कुदरत के बोल:-

इस कविता में कवि ने उस भावना को जागृत किया हैं जो कुदरत शायद इंसानों से कहना चाहती होंगी।इस कविता में कवि ने कुदरत की ओर से मनुष्य की गतिविधियों को चेतावनी देने की कोशिश की हैं।

7.अपनी धुन में:-

इस कविता द्वारा कवि तमाम पाठकों को यह बताना चाहता है की हमें अपनी मंज़िल पर ध्यान देना चाहिए तथा लोगों की परवाह नहीं करनी चाहिए और अपने बुजुर्गों की एहमियत भी कवि बताता है।

8.नैनीताल:-

इस कविता में कवि ने नैनीताल के सौंदर्य को दर्शाया हैं और लोगों का इस शहर के प्रति प्यार को दिखाया हैं।

9.नारी का सम्मान:-

इस कविता में बताया गया है कि किस प्रकार लोग नारी का सम्मान करना कम कर रहे है , किस प्रकार चंद लोगों क खातिर पूर्ण पुरुष वर्ग बदनाम होता है तथा नारी का हक़ भी उसे बहुत समय बाद मिलता है|

10.जिन्दगी का नौसिखिया:-

इस कविता में कवि ने उस व्यक्ति का वर्णन किया हैं जो हर एक पर आसानी से विश्वास कर लेता था| कवि ने उसे ही जिन्दगी का नौसिखिया बताया हैं|

11.आज प्यार कैसा हैं?:-

इस कविता मे कवि ने आजकल लोगों का लोगों के प्रति प्यार को दर्शाया हैं और साथ सच्चा प्यार क्या होता है, उसे भी समझाया हैं|

12.तू शुरुआत कर:-

इस कविता द्वारा कवि लोगों को उत्साहित करने की कोशिश कर रहा हैं और समझाना चाह रहा हैं कि अपनी कला को ऐसे ही व्यर्थ न जाने दे। कला तभी निखरेगी जब उसे निखारने की कोशिश करेंगे। ये एक उत्साहवर्धक कविता हैं।

13.मौत:-

इस कविता में कवि ने मौत का समय के साथ संबंध को दर्शाया हैं। साथ ही उन वीरों का वर्णन किया हैं जो मौत को अपने साथ लिए घूमते हैं।

14.पापा:-

यह कविता का मुख्य उद्देश्य पाठकों को पिता के प्रेम के बारे में बताना तथा उनके बलिदानों के बारे में बताना है।

15.एक खत खुद के नाम:-

इस कविता द्वारा कवि यह बताना चाहते है की हमे उन लोगों की परवाह नहीं करनी चाहिए जो हमे वक़्त नहीं देते और हमे खुद को पहचान ने की कोशिश करनी चाहिए तथा पुरे हृदय से अपने लक्ष्य का पीछा करना चाहिए।

16.अतीत की यादें:-

इस कविता में कविए गुज़री हुई यादों के बारे में बताता है , वह समझाता है की अतीत की यादें चाहे कितनी भी अच्छी हो वो वर्तमान में दुःख ही पहुँचती है इसीलिए उनसे दूरियां अच्छी है।

17.एक अधूरा सफर:-

इस कविता में मोहब्बत को एक अलग रूप से दर्शाया गया हैं। इसमें एक सफर को ख्वाब में संजोकर दिल की कुछ हरकतों को दर्शाया गया हैं।

18.हम दोनों और वो-:

इस कविता में कवि अपना और अपनी प्रेमि का का प्रेमदर्शाता है तथा फिर यह बताता है की किस तरह एक तीसरे व्यक्ति के कारण उसकी प्रेमिका उससे दूर हो जाती है तथा उसके बाद की अपनी स्थिति का भी वह वर्णन करता है|